蒋艳 著

江水拉响的提琴

长江出版传媒
长江文艺出版社

蒋艳，笔名松香，1978年生于湖北，长于甘肃，现居重庆市九龙坡区。作品散见《诗刊》《星星》《扬子江诗刊》《飞天》《诗潮》《绿风》等，入选多种年度选本，偶有获奖。

目录
CONTENTS

第一辑　江水拉响的提琴

抽穗	003
广场随想	004
江水拉响的提琴	005
连接甜蜜的路上	006
碰触	007
青丝问白发	008
一条青灰的路	009
说到风	010
取暖	011
残照里	012
活着	013
冬日	014
雪意	015
割毛豆	016

微光	017
梦想者	018
青山	019
下一刻	020
五色	021
交流	022
迷幻	023
久未谋面	024
好了	025
笑了笑	026
你是甘霖	027
抒写雨	028
拆	029
窗外	030
万里晴空	031
挥汗如雨的夏天	032
冶金村的老人们	033
总有比春来更好的安顿	034
树下	035
接住	036
密林	037

第二辑 生活的苹果

蕨和青苔	041
像江水一样	042
接近	043
夜幕降临	045
扩散	046
生活的苹果	047
适度地飞	048
乙	049
多么好呀	050
下午时光	051
麻雀停在灌木丛	052
向暖	053
入住	054
到过水	055
信任	056
召唤	057
视线	058
朝清晨而去	059
融入论	060
整个下午我和鱼消磨	061
不同面	062

一把红伞伸出高墙	**063**
绿水	**064**
江边小坐	**065**
谢谢你呀	**066**
时光说	**068**
回忆与刺	**069**
成为	**070**
良药	**071**
墙体	**072**
契合	**073**
大海子湖畔	**074**
终将	**075**
还我以本身	**076**
礼物	**077**

第三辑　醒来之诗

无题	**081**
天已破晓	**082**
属于	**084**
路途像过去式	**085**
简单的要求	**087**
醒来之诗	**089**

青草如此好看	090
清栖谷的夜晚	091
大合唱	092
影子	093
石头	094
因为	095
视而不见	096
对山居	097
一棵树	098
西池大院	099
九龙桥	100
满意	101
生长	102
西池的夜	103
香草园	104
河岸洗衣人	105
叫花子湾	106
墙说	107
在金山科技遇到胶囊内镜	109
油菜花	111
多依河	112
那色峰海	113
螺丝田	114
罗平古生物群	115

亲临 | 116
蓝调 | 117

第四辑　转过弯的街角

同类 | 125
空白里 | 126
父亲 | 127
窄门 | 128
母亲 | 129
家乡下雪了 | 131
婆婆的梦 | 132
我来了 | 133
转过弯的街角 | 134
闪光点 | 135
邻居 | 136
花儿的内心 | 137
减法 | 138
送孩子去幼儿园的路上 | 139
小石头 | 140
童真 | 141
门后 | 142
剥豌豆 | 143

退	144
属于	145
冬天里	146
一种寂静	147
春寂	148
消化	149
深夜醒来	150
在想你的彩云湖畔	151
有些日子	152
美的发生	153
我将我带向你	154
经过	155
近了	156
江水变轻	157
慢	158
便是明月,便会朗照	159
用旧的身体上	160
融雪	161
梦	162
让爱情落回地面	163

第一辑 江水拉响的提琴

抽　穗

梯子温和,
梯子自我修复。
"你可以爬上去,但不能久留"
梯子的影子倾斜在侧面,转移。

你喝下一杯水,喉结上下滚动,
吞咽梯子的惶恐。
梯子一遍遍重复自己,
你踏上梯子,一遍遍重复自己。

星空陪着,你的登高,在麦田里抽穗,
甜蜜出现在谷穗中,是你的。
梯子常被放到暗处,
像一种隐忍。

2019. 12

广场随想

忠实的倾听者除了树木,
还有不可复制的河流。

广场中央除了成人引领幼童
手指指向蓝天、白云,已确认
是否归属真实。
还要安排内心每一次的出游。

雕塑就像攀援者把欲望
带向固化的象征。

而我,软体的存在,除了倾听,
形同树木,还要如流水
既往不咎。

2018.1

江水拉响的提琴

江水拉响的提琴,
舒缓地梳理芦苇的额头。

阳光的羽毛被旋律带动的
水鸟衔在嘴里。

一收一拉的流动,形成
漩涡,沉陷。

深深地,不能吐出的部分,
像一个结块,奔突,连续。

浪花跃起,浪花被琴音打散,
以水珠的形式再次汇入江河。

结块也顺着江水的音律
而消散。

2019.9
2020.11 改

连接甜蜜的路上

她在洗衣台前洗袜子，
工人在楼下砍树枝。
地上的树枝越堆越厚，
袜子已晾在衣架上。

她不动，砍下的树枝
被车运走。
她没有动，
袜子上的水滴往下滴答。

光秃秃的树干靠前，
一道梯坎在后，连接甜蜜的路上，
她在其中，楼在楼群中，
意外地被生活找到。

2019. 4

碰　触

水拍打石头，就像长风
击打夜空，一次痉挛，
钟表嘀嗒的一秒。
流水撞击的声音，那么惊心动魄，
瞬间，划过障碍，
一条路显现，回声覆盖葱郁。
你从树后出来，
感知未知，恐无人识，
制造更大的声响，
石头哑口无言，石头就是石头。
你守住内心的慌乱，
并一次次平静于
触摸流水的惊叹。

2019.3

青丝问白发

光从光中泻下来,
从墙面泻下来,
让某些物质发亮,
柔和的、悄无声息的。
像襁褓中的婴儿,白纸上
显现生动的勾线。
织布机无声穿梭,仿佛时辰,
收割寺庙内礼佛声、敲击声,
花儿开放的爆裂声,它们
混杂在江风的波涛里,
从墙垣另一边传过来,光
传过来,聚拢,打开,像门
聚拢,打开,我进进出出
多少载,青丝问白发。

2018.7

一条青灰的路

一条青灰的路，
通向此刻，我要到达的荒芜。
江面或铁轨，嘶鸣，
潮湿的心，不妥协的草根。

仅仅是一条青灰的路，
白晃晃的网，
行走的众生，匆忙的影子，
和骨子里的风，颤动。

离开的人有漏网之身。

停留的人，坐在我的左侧或右侧，
当我起身，有大把的时光
把道路清洗了一遍。

2017.9

说到风

有人说到风,寺庙,
风便安静下来。
暮鼓晨钟,
转经筒还在手边,不要说风。

草木有安静的灵魂,蚁穴埋深众生。
我有片刻的不安之尘,
光照迟钝,
就像叶片抽打整洁的路面。

起风了,我还在原地,
不叹凌乱,也不把风口浪尖推至
你的面前。

2017.9

取 暖

民乐村不大，就在
重庆医科大学的一角。
收废品的吆喝声隔空而来，
每喊一声，朝阳就颤一颤。

三个陶罐紧挨着，像失散多年的兄弟。
它们在黄葛树下安顿，
彼此取暖。
就像民乐村，在高楼大厦的林立间
抱着头。

2017.11
2018.4 改

残照里

绕过榕树就能看到修理铺,
就能把修理铺的日子坐旧,
仿佛又是新的。

修理铺里的妇人,
注视过的跛足女孩,出嫁了,
还能来坐一坐。

她们谈,远去的事物,
屋顶的猫,踏过的每一片瓦
和瓦的消失。

中年妇人,扶住旧锁芯、旧拉丝……
端出别有滋味的残羹,
抬头,丈夫的身影现于残照里。

2017. 11
2018. 4 改

活 着

老人蜷缩身子,石凳旁的猫
蜷缩身子,
像是睡着了。

阳光爬行,似行吟的老者,
台阶如经书,
沿着石板路,有梦境,也有清醒的
日子。

突来的裂缝晃过眼前:
外出打工的儿子捎来口信,
远嫁的女儿昨日回来。

2017.11
2018.3 改

冬　日

修理铺旁的榕树，
吸食让它茂盛的缘由。
榕树旁的修理铺，
在固化的器皿中怀念旧事物。

修理铺，旧物，文火熬煮，
度过隆冬。
远一些的楼道内，
有人打着响指，述说：阳光惨淡。

有人打探春日的好消息。
修理铺里的女人，面对旧物就像
面对恋人。从室内走出，女人怀有
芬芳的期待。

2017. 11
2018. 8 改

雪 意

偶尔被表达和省略,
雪的世界,一切被简化。

雪,之外住着人家,白色的否定,
温暖来自灯火。

雪的沉默,
天空飘落。

男人提起,小屋和
内心,从没感到如此丰盈。

嘎吱的推门声,一只猫
从窗台上跳下。

2019.9

割毛豆

女人拿出镰刀,
割下一丛丛生长的毛豆。
长在墙边的毛豆,和田地里的
不一样,
长在轨道边的毛豆,和田地里的
不一样。
女人割下它们,不等到
长成黄豆,或者不需要。
女人割下鲜嫩的毛豆,
脚边的油菜似乎雀跃,
似乎它的欢喜和铁路有关,
和挡风墙有关。相伴,遮挡,
独立于狭窄的空间,
使毛豆,保持充盈,
安宁生长。
噢!房子、桌子、毛豆,
我把我置入其中,
在一个个小房间。

2019. 10

微　光

身穿红衣的女子走在我的前面，
我的前面除了红衣女子，还有
旧房子，草长得深，树长得密。
紫茉莉没有浪费每匹瓦上的露水。
红衣女子走进岔路，我们不是同路人，
我们都穿红衣服。
我走进另外的岔路，世界变了样。
鸡鸣狗吠，破屋四五间。
我走错了路，狗吠将我留下。
留下的还有赤贫，紧锁的门窗，
像囚禁的萤火虫，发着微光，
但看不到。你看不到，原始性
封闭着安稳的灵魂。
冰冻在前行。我嗅到柴火的噼啪声，
锅灶的咕噜声，我听到耳边响起：
母亲，吃饭了。

2019.10

梦想者

波德莱尔说
梦想者需要一个严酷的冬天。
这并不影响垂钓者。
他把钓竿一根根取出,
每根都有各自的属性。
擦拭钓竿,为了符合它的色泽。
钓钩上挂上鱼饵,鱼饵的香气
分辨鱼的嗜好。
钓钩甩出去,便完成一次
完美的俯冲。
他退回来,退到板凳前,严酷的冬天
和他并列,
翻阅冬天,冬天裹挟冷霜,侵袭而来,
有时拖出水面,他感到,
鱼钩上的梦想抓住了他。

青 山

青山不老,青山无我,
青山等待更多的人群。

青山不言语,青山把鸟鸣
藏在胸中。

青山似黛,如父,
父亲指点江山,追野孩子,
追着小儿满山逃。

青山啊,摇臂一样拥护,
稚嫩的鲜草。

村庄点缀坡地,
青山上的野孩子散了,
炊烟追过来。

2017.8

下一刻

太阳缓慢地走动,
荷花缓慢地摆头,
中途的火热,空寂地烧。
人们身带滤镜,带走
情感拖挂的蕊心,怀有
莲子般的心,清苦但不外露。
你顺着光,看着衣裙摆动的样子,
和花枝招展的舞蝶。
想象你,撑起小片阳光,
夏至的温度一点点提升。
下一刻,仍有光,
繁华的花季,等待你在黑暗中
打开。

2018.7

五 色

五色梅开在悬崖,鲜为人知,
它们喜阴又爱阳。
探出的身子,接受风的洗礼,
潮湿的气流卷起,
那么热爱不为人知的一面。

它们极易脱落,又顽强如枷锁,
一株开出五色,每一朵都那么小,
那么小地簇成一大朵。一只飞虫
飞过来,两只、三只……
五色梅,五色,飞虫飞,它们嬉戏,
跟随又分离。

2018.7

交　流

对面大娘给环卫大娘一把南瓜子，
环卫大娘接过南瓜子。
南风吹来，温暖言语。环卫大娘
笑得合不拢嘴。

手提两个抱枕的中年妇女，
喜盈盈地走，后面跟着同样
喜盈盈的丈夫。他们的笑容在路上
多待了会儿，霞光披上甜的面纱。

年轻妈妈接儿子放学，
他们将手揣在各自衣兜，
保持10厘米的距离，10厘米
的距离让年轻妈妈转头看儿子。
儿子看向她，他们默契地
行走，像并肩的两棵树。

迷　幻

水中花，镜中月，
红色的、黄色的、绿色的、
带斑点的樟树叶落在
水中，地上。它们就是
水中花，镜中月。
你带上它们，我带上它们，
我们将是水中花，镜中月。
我从中抽离，像放弃
某种契约，置入其中，像桃花
缀满枝头。

2019. 2

久未谋面

雪到过你没有到过的地方,
你到过雪没有到过的地方。
雪为你准备了
银白的发须、银白的皮肤、
银白的骨骼,
雪为高山盛装而来。
树木、房屋、河岸,
沐浴在银白的光亮下,
和你的视域里。
一小点黑到两三点黑,
扩大为三五成群。
他们的步态,欢快、轻盈,
如雀鸟在野。
雪从摇撼的树上落下来,
砸到手心,
像久未谋面的朋友,
手与手相握。

2019.3

好 了

你每天听到火车呼啸的声音，
铁轨与屋顶仅两米之遥，
你的啜泣和火车奔赴同时出现，
双手紧紧拽住衣角，
悲痛的时刻就在一瞬间，
溃败占据全身。

你走下台阶，一步步低垂眼睑，
沉下的心使你完整，变故在
火车驶过之后，
屋顶连接的地面和距离铁轨半米之间，
你用旧茶壶、鱼篓、鹅卵石，摆出善意，
完成这一切，你想，
好了，又可以出发了。

2019.7

笑了笑

我回头,包子铺的女人对我笑笑,
我前行,对面卖菜的女人对我笑笑。

白天与夜晚,真实与虚构,
我相信,有更多的东西朝我
笑了笑。

你是甘霖

你是碎裂的玻璃球,
触碰便弹开,融入便如
我的干涸获得甘霖,
你是甘霖。

重复,重复使你闪光,
我闭上嘴,不说出,绝望。
咕咕,从视线顶出。

草呀、树呀、泉呀、石斑,
匆忙跳闪,如你顽皮的跳闪,
雨,回到万物。

2018.11

抒写雨

你,到来,得到人们的呼应,
与情绪同步,或守住悲伤。
我们的爱,类同。
你的到来,拉回一颗耕犁的心,
按住钟鼓,飘浮的梦境。
你的到来有强心剂的妥帖,
让我回到俗世,感谢自己,
得到余生的原谅。

2018.11

拆

拆字在墙面已不新鲜，
不经意倒退数年或更久，
让人保持一颗缅怀的心。
拆字代表新生活，
让你看到未来的鲜活。
拆，走进陌生的层面，
它的内里会发生改变。
孩子的游戏里，拆很神秘，一种快感。
完整的玩偶被拆得四分五裂，
直到差不多了，
停止游戏不再期待。
孩子跑开，
孩子一溜烟地跑开。

2019.7

窗 外

红日在窗户的左下方,
山茶花在窗户的右下方。
我的视线移过去。

窗外盛开的,也能在
心上盛开。

阳光高于山茶花,
高压电塔高于红日。
此刻已黄昏。

记忆看见,黄葛树,自如地
表演它的沉落。

2019.4

万里晴空

人潮涌动,分散开来,
像光,打在四处,
他们落脚,漂移,
如水,和水的溅出。
我的参与,让他们富有弹性。
自行分开,像流水席,
像日升日落,
像我每天起身,不是睡着,
是醒来,奔赴各地,
不是停止,不是回归,他们发散,
输出,付出,如同四季,
和四季的花朵、果实,
让我看见,不是乌云汇聚为雨滴
下下来,是白云散开
后的万里晴空。
忙碌又充实的万里晴空。

2019. 11

挥汗如雨的夏天

挥汗如雨的夏天,蝉的喙
吸足汁液,让自己鼓胀、鼓噪
蝉是为夏天的主人。她,
曾是流水线上的主人。

冰冻车间,她的手代替了
话语权,冰糕在手上
留下一点甜,传送带发出的声响,
嘴角弯出一点甜。包装箱内装满
一箱的甜。

机械的轰响,脑后飘远,
挂上挂钩的蓝色工装像安魂曲,
脚踏车载着轻盈衣衫。
她头顶夜空,庙堂,
急切地,将文字码进丛林。

2018.7

冶金村的老人们

冶金村的老人们,常坐桥头,
一坐便将时辰坐进体内。
往身上叠灰,灰色的,
色彩斑斓的。

下雨了,老人们搬身子,
坐凉亭。凉亭催开话语,
话语推动尘埃。溪水带走一些,
老人们站起的身影带走一些。

2018.12
2019.12 改

总有比春来更好的安顿

众多的广场取代我的叙述,
比如人声鼎沸,鼓乐宣扬。
众多的路口,总有某种解法,
想在春天多活几日。

生活的维度,靠在砧板上,
从不同方位发出略不相同的讯息。
比如,陌生人面露警惕,或善意
在不经意间荡开。

男人和女人,爱着相同的养分,
抓人眼球的憾事,不可分离的往事,
比如相逢、离别和闪烁其词,他们
总有比春来更好的安顿。

2017. 11
2019. 12 改

树　下

棕榈树和菜香源饭店，相互搀扶，
空地、阴影地、若干椅子
连在一起，不动声色。

半老徐娘、年轻姑娘、
长满胡楂的汉子，搀扶着
内心的空地和阴影地。

树下，银发、束两麻花瓣、
穿无袖褂子的胖女人，稳坐藤椅里。
她鬼画桃符，他们等待奇迹发生。

2018.7

接　住

树看向天空，你看向天空，
你们都看向天空。

天空的白云、乌云，噤声，
一只鸟飞过，
接住注视的眼神。

一阵风抓住几滴雨的
忧伤，树叶不让更多的眼睛接住
更多的忧伤。

2018. 7

密 林

从明亮到暗沉,
只需一堵墙,一道门。
踏上桥,进了门,
如同头戴一顶遮阳帽,
鼻梁挂一副墨镜。
我进去,脚边开有旱金莲,
身侧有八角金盘、海桐、棕榈,
我和它们相识,道出我的
爱情史、家族史、事业史
和背后的千斤坠。
头顶木麻黄、樟树、荷花木兰,
它们压低头颅,向我聚拢,
形同家人,相互独立,
相互交缠。
不认为失去,不认为获得。
在一片密密麻麻的会晤中,
如同时间收割机,感觉不到成长,
不为所悲,不为所喜,
它们的目的,让我不为所动。
直到离开,关上门,

踏上桥,回到明亮。
仿佛从痛彻心扉回到幡然醒悟。

2019. 2

第二辑 生活的苹果

蕨和青苔

青苔无须说话,
喜阴湿,嗜繁殖,
它长在背阴陡坡的下层,
占据人类最不愿看的一面。
有时,也长进我的身体,
嗜睡,嗜繁殖。
作为疼痛的衍生物,
我时时关注它,按下它,
它会跑出来成为忧郁之都。
而我身体的另外部分,
长着蕨类植物,
它在背阴陡坡的上层,
关照阳光也关照阴湿,
常翘首以盼,在微风中
为母亲驱散窗外的昏沉。
母亲坐下来,腿上放置了装有
大米的簸箕,准备择出米虫。

2019.12

像江水一样

作为隔绝和收容的墙垣,朱红色,
和天空贴近,因倾听,
江水的流动,而欣喜。
我感到流动带来的平和,
和静谧保持一致。
在流动中变得古老,易忘怀,
易刻画。
水纹爬上人们的皮肤,爬上
不再撞响的洪钟。木柴堆积的柴房,
锅灶保持它的冷而发出拙朴的色泽。
这一切挂上友好的人们的神采中,
你会认同日子像江水一样。

2019. 12

接 近

长江此刻平静,除了
船舶的马达声和偶尔的
鸟啼,波涛唱着小曲
哗哗前行。
江水亲切地让我接近,
我走近一些,你跟进一些,
我加快脚步,充满期待。
到达你的身侧,
陌生感撞击而来,
除了江水滔滔,无物可触,
这是我没想到的,慌张。
身外,江河依旧,空气畅流,
苍鹭感知周围的异动,
对于陌生,只要靠近,便会飞离,
我成为自身的闯入者。
为避免太阳直射,站进阴影,
看石头堆积,阳光、风和
流水为石头塑形——
石头疼痛,

石头改变。

2018.6

夜幕降临

夜幕降临,我走在怀旧的
绿色步道上,像牵引。
我的身后传来打电话的声音,
前方传来打电话的声音,
我在中间静静地听。
什么也没听清。
两股声音交织在头顶,撞击,破灭。
我仿佛回到人流如织的街道,
经过一张张无措的面孔,慌张、
陌生、铁皮的面孔,
突然而至的噪音齐齐涌进深渊,
似醉意的落日。
他们全部到达我的身后,消散,
直至太阳升起,人潮清晰。

2019. 12

扩 散

从切面看过去,
树根扩散,树根要去的地方,
你知道。
从下往上看,
枝叶扩散,枝叶要去的地方,
你也知道。
向水面看过去,
倒影扩散,倒影哪里也不去。
守着水,守着天边的光,
一会儿长高,一会儿矮下去。
看它们的人往回看,
人群扩散。作为不确定因素,
无法掌控。
我看向自己,确定
没有扩散,心安。

2019. 12

生活的苹果

短途出门,我愿意乘坐公交车
再步行。
观看人流如织,车行如沸。
我小心地走在他们中间,
我不复存在,成为时辰或者空洞,
顺从地跟了他们。
有时,在前方晃过的
迟疑或焦容,仿佛钝了的
刀斧迟迟不能劈开坚硬的果核。
有时是后方小片喜悦或矫健身姿,
仿佛前方有未开启的秘密之锁,
等待石头扔进水中泛出雪亮的水花。
当我和他们平行时,
我们才是一类,才能感到
生活的苹果饱满、适度酸甜。

2018.10

适度地飞

从珠江花园下车,步行几十米
便能到达长江边,此路少有人阅览。
沿江,从龙凤寺到九龙滩,
被很多人截取光阴。
我的步行,总能遇到三三两两的情侣,
他们自带甜蜜,适度地飞。
如果在夜晚,我想他们会
好看得如溶溶的月。
而我总能在此刻柔软下来,
倾听带光的虫声,
和草木欢欣的窃窃。
那些一动未动的,比如,
广告牌、栅栏、石崖,
它们透漏周身的狼藉,
没有什么不好。

2018. 10

乙

被女儿称之为道路森林的
缓坡,是去医院、菜市、步行街的
必经之路。
我们在熟知的往返中充当路人甲和丙,
在彼此的认知中相隔路人乙。
装卸车横亘在道路中间,让我们混乱不堪。
工人们忙着上上下下。
路人甲说:我们绕过去。
路人丙说:他们真辛苦。
路人乙抬起头来,既不绕过去,也不出声。
树木间绿影婆娑,有镜像显示此去畅通。
路人甲忽地盯着乙:你、他们,生活的原形。

2018.4

多么好呀

被风降低的语言,也被降低到
屋檐的角落,一堆稿纸上。
被风吹着的人们,风也吹着
断肠的冷街。路灯发出温暖的邀请,
长凳等待寒冷的人。

我走过去,没有坐下,我此刻是寒冷的,
我是裹进蓝色围巾的战栗的人,因为寒冷,
显现你偏暖的色调。多么好呀!
我将你的暖隐藏在一丝丝刮过的风里,
或一堆稿纸上,或者我们在长凳上坐下,
谈谈冷和暖的咬合之美。

2017.5

下午时光

下午时光,遮蔽了天空的
昏暗会议室,透过玻璃窗,
我看到一棵银杏树醒在她的
时间里,我在我的怀疑里
看着她,包围她的
银色建筑物仿佛拥着活化石。
仿佛他们的交谈,从伸向天空的枝叶
到坠向地面的落叶。
天井中的她,正在失去,
山风、旷野。
正在聚拢,白色遮阳伞、
圆形桌子、方形椅子、
略显怀旧的木隔断。每年
黄一次的叶片,都要离开,
都要重回生机。
一百多年的树龄里,
天井外,一棵雄性银杏树,
已然长大。

麻雀停在灌木丛

麻雀停在灌木丛,我的局限性,
让我无从得知叽叽喳喳外更多的内容,
如同我无从得知你未说出的部分。

生活的高压线滋滋的电流是跨过世纪的标志物,
我选择它的支撑杆立在远一些的地方,
是凝视还是离开,或许都不重要。

铁轨的沉寂,它的危险性,
无可名状的慌张,如滚滚江涛
压向头顶,而浪花总是翻腾不休。

有梦境向寂静的旷野扩散,
应到未到的无人之境,我们企盼,
并一再确认真实性是否存在于你我之间。

有人谈论,收回的梦境,真实与虚构并存,
麻雀"哗"地惊起,在天空盘旋数周后,
又复于平静。

2018.4

向　暖

风吹着白云的轻盈、负重，
和我如此这般，活在世上。
身边事向后飞扬，
雨水卸下云的深厚。
我的内心，陡峭、隐秘如山岳。
溪流带走部分泥沙，
更多的被劳作覆盖、消化，
喂养向暖的肉身。
总有延伸的枝蔓刺破云翳，
固守的旧念被新意洞穿。
我身处避暑地去感受一分炙热，
被炙烤的人们，内心平和的人们，
接受小片绿荫的安慰。
年少的记忆，
那些山包和悬崖，
令我仰望、却步，
而落日盛大，落日不悔。

2017. 7
2020. 3 改

入　住

对于不再鸣叫的蝉，阳台是
偌大的墓场，入住几天了，
我不忍移动，你安静祥和地
匍匐，保持庄严。

我借用你的地盘，浣洗过衣物，
坐在椅子里读过书，养过植物，
关心过星星和月亮的秘语。

夏季，没有从这里关注你的鸣叫，
因向阳，太阳焦灼，
甚是喜爱的聒噪，如河水断流。

误入的时刻，阳台像陷阱，
你准备了肥硕的身体，你的后代，
还没来得及看上一眼。

2018.7

到过水
——致王元琼

桃花溪，
我更倾向于，唤它，河。
闸门打开，是溪，
闸门关闭，是河。
通常，水拥挤在河道内，
分不清哪一股是金，
是木，是水，是火，是土。
河道清理人，清除金木火土，
水留下来。看到水，
到过白天，夜晚，到过星空任何
一粒尘埃的胸腔。
她到过水，水舔净
她所有的伤口，
伤口覆盖她所有的苦。

2019.2

信　任

关于美好，石拱桥上停留的妇人
看手机时脸上甜甜的笑。
身后，关于美好，探进黑暗的手，
你提出你，一盏愈来愈近的灯。
明亮，关于道路吸进漩涡的
车辆、人群，漩涡中出来，平静汇入
另一个漩涡。
至于面前，从眼底淌过的水，映照
高楼平顶、尖顶、或斜顶之貌，
抵不过，突兀的黄色低矮墙面上，
黑色的卡通图案。它们的美好，在于距离，
在于你看见，你看见并非所见。深情
在于，足下的土地，广为信任。

2019. 3

召 唤

女主人离家月余,
回到家中。
两只翻肚皮的蝉,
各守一隅,
它们各安天命。
藏在布袋下的蟑螂,
晃动触须,等待
不可预知的命运将被审判。
我在纸上划出幸福的指数,
不安稳的遣词,
不痛不痒地排列生与死。
内心召唤雪和雪的消融,
笔下显现:
春天咽下枯萎的草。

2017. 8
2020. 3 改

视　线

突来的暴雨，模糊了视线，
它是珍贵的个人财产。
避开雨声，室内的麻将声。
寻找隐秘的事物，生命地跳动，
它了解辽阔的成因，
无遮挡的意义。
寻找高山上的雪峰，
丛林的秘境。
它忘乎所以，忘记自身。
在黑夜探寻黎明，
我不为它操心，亦不心生疑虑。
平淡地将其视为，
已经发生的和正在发生的。

2017.8

朝清晨而去

和我迎面而来的,已经在我面前
形成一种风景。和我同方向的,
在某处消失为一道风景。

某些纠缠的鸟鸣和风向,
如同爱人的眼神,看着我,
原路不可折返的,同样看着我。

"我有一个朋友,但忧伤没有朋友。"
你从群山中出来辨认我。

清晨,你还未醒,
我浑身斑驳,满身泥泞的
朝清晨而去。

2017. 11
2020. 3 改

融入论

我走进围栏内的树林，
铁门在身后关闭，伴随午后阳光的
滋拉声，破开
树木间储存的温度。
我的到来，仿佛秩序归位，
静谧回到静谧。我是
之一，是孤独而平衡的关系。
桃花一枝，斜靠在围栏外，
被溪水关照。我是幸存中的
幸运，众多树木俯视下的
圆顶楼亭，楼亭包裹的气息
尚存的有机体。
我挪了挪
坐在石凳上的位置，
石凳替我空出了位置。

2018.12

整个下午我和鱼消磨

整个下午我和鱼消磨,
从水到水,从鱼到鱼,
从目光中走失到返回。
五条红色,一条由红变为橘色。
它们簇拥,分散,
时而贴近你我又远离繁琐。
它们的嬉戏摇头摆尾,
嘴碰嘴,尾随尾,
简单的纷扰,线条般的言语。
我站起靠近,
它们时刻保持的警觉,
立即后退,做惊恐状,
一会儿便平静如常。
我惊异它们的志趣,
有水,有食物,还有
温度。

2016.1

不同面

桥的不同面,一面
光河冲撞,追逐拉弓的圆满,
光影在水面上匍匐,
光影在水面上剪枝。
黑暗到过石头的阴影,枝条抽动,
被光线背着往前行走。
光河来到桥下,在我脚下喧响,
到达内部,重复着暖意和寒凉,
它们分食五谷,供养消逝。
光河悄悄来到桥的另一面,
站立或平躺,没有离开或已离开,
拐弯,去了别处。我抓住此处的
源源不断,像获得足够的爱,
水面波涛涌动。我放开,
像垮塌的部分重新站立。

2019.5

一把红伞伸出高墙

一把红伞伸出高墙,
它在我的记忆中抹不去。
我觉得它很艺术,很独特,
记下了它。
每天想几次,那么高那么高,
我要仰头看它,仰头想它。
直到写成诗,显出它的个性,
冷热交替,动静相宜。
我低头,它开始
仰头看我,温柔的,
一把红伞伸出纸墙。

2018. 12

绿　水

从天空滴落的一滴雨，
灌进山谷，
充满生机，绿意无限，
柔软适用一生。
被照看的光阴一分为二，
一边奔流，一边沉积。
走在岸上的人，看到
奔涌的心，
看到绿意如何浸透出
一粒种子，空气清新。
我的呼吸不被外界所扰，
它根植于被你所养，
被你无数次梳理。

2017.8

江边小坐

总有一些突兀的事物让我心生厌弃
又充满希望。
格桑花,开在江边,
格桑花随风飘摇,无声、
谦逊。

美丽和腐朽,可以在任何时候。
我坐江边,对岸和我遥遥相望。
挖沙船,震耳的轰鸣声,
和我格格不入,
像一名抢夺者。

声线被抢占,听力被抢占,
残缺的我留在岸上,
留在失声的沙砾堆上。
呼应轰鸣的晚霞,陶醉在
日日更新记忆的江面上。

谢谢你呀

如果,我解开了
绳索,扔你到天上,
你信吗?

如果,你是多么好,
我说给你听,
你快乐吗?

如果,我怎么说你,你也
不生气,热乎乎的
照耀,你甜蜜吗?

好吧!
有云遮住,你着急,
左突右冒,赶快出来
热乎乎的照耀。

你有耐心,很热了,
快躲起来,
没一会儿,又出来,

热乎乎的照耀。

谢谢你呀，一直热乎乎地陪着我，
太阳。

2018.11

时光说

常说起,时光,时光荏苒。
时光不在。
常说起,流水,流水不负流水,
流水消逝在流水中。
常说起,
时光灼伤的,是为英雄。
时光背后的时光,是为群众。

2019.2

回忆与刺

源头起于线索,
故乡,或反复的回忆。
我逆着河流走,
如同看过的书再看一遍,
熟悉的情感再怀念一遍,
刮过的风雨再刮,总感觉是第一次。
我往回走,往记忆深处走,
就像在森林里往暗处使劲,
找到让我喊疼的芒刺。
这根刺跟随我多年,
每次抚摸,它就尖叫,
如同孕育的胎儿,接近临盆。
每每追忆到此,
它都会扎得我往前挪步。

2018.1

成　为

雪山，白茫茫一片，
我不如冷雪，保持纯白和无辜。
我要在零摄氏度以上接受各种污垢，
保持天真和谦卑。
我不能像你，白茫茫一片的，
冰清玉洁。
我要妥协、羞愧、反身、
弓背，乃至我更像我，
超越我，成为另一个我。

2019.1

良 药

漫步七月,月亮湖澄静,
与陌生人碰撞、交错,
友好的微笑,
可以持续一段善意的时光。
当我驻足,湖水荡漾,
水面倒映的山色正被打捞。
想到人世淡美,疼痛无非是
湖光推送的一剂良药,
被生活吹皱的部分,波光粼粼。

2017.7

墙　体

远看是破损的,近看还是,
说的是老旧的墙体。
这些破损的,无疑是被怀疑的,
它在向清澈的方向延伸。
向时间投降,
每投降一次就掉一层皮。
等它的白全部脱落,
离缄默越来越近。
脱落的白,是全部的隐喻。
墙体显露出来,
假象成为齑粉。
它和我的回归,多么像。

2018. 2

契 合

浩大的江水，驮着微风，
汹涌着，吹拂着。
我静坐江边，江风吹出
身体的空。
空空的如江水白白地流淌，
空空的如时间白白地浪费。
蝉鸣从一棵树荡出去，
挂在了另一棵树上。
我身体的空装得下，
江水也装得下。
我们似乎找到了某种契合，
要把空装满，倒空，再装满。
如此反复，才对得起烈日当空下
汗水涔涔地流淌。

2017.7

大海子湖畔

我环大海子湖畔一周,树木
簇拥着朝湖水赶去。树叶
摇晃,仿佛某种舞蹈,
在光斑的聚灯下,沙沙响。
湖泊的镜面照着它们,集体湿身。
枯木,如同醉汉——
躺在路边,立在水域,
它们的姿态拉开与绳索的距离。
我看向湖面的自己,
有雪落进雪的双眸,影子在影子中叠加。
从潮湿的气息里,抽出身,
我衣角未干,脚底布满水。
湖畔的噤声齐齐迎向我,头顶的幕布,
又向波光移去,沉寂
在波光的挣扎中慢慢醒来。

2018. 8

终 将

我终将把我的眼睛献给天使，
你正在我的头顶看着的吧！
我终将把我的嘴唇附在你的湿润之上，
它和流水一样轻柔。
我终将把我的乳房交给爱情的手，
它和月色一样皎洁。
我终将把我的面孔留给憎恨，
让恨我的人从此记住我。
我终将让我的情谊忠于情谊，
他的坟茔和我的相隔一座山。
我终将把我的不存在交给存在，
美好的事物从未远离。
我终将一无所有，或拥有所有，
那么还是回归。
我终将没能保存完整的另一个我，
我的灵魂还需超度。
我终将消失在世界的尽头，
又没能躲过每个角落。

2018.1

还我以本身

从梯坎走上去的人,带着胜利。
从梯坎走下来的人,
如释重负或心事重重。
背背包,或两手空空的人群,
路过我,还有搭讪的,
我不曾进入他们。

抱着篮球,吃着蛋糕,
他们代表青春,普世照耀下的
自由时光。
三五成群或踽踽独行,
往来复去的人们,路过我,
我不曾进入他们。

我不曾进入他们——
他们还我以本身。

2018. 2

礼 物

一截树枝,丢弃在道旁,
我听到断裂的声音,不忍直视。
它从茁壮的树上修剪下来,
带着白与黑的迷茫。
它没有被带走,躺在那里,
匍匐在那里
像从远方到达,漏掉的片段。
它应该顺从过一些事物,叛逆过一些言语,
伸展艺术的手臂从土里析出
脉搏的力量。
我在来来去去的坡上,
它在坡上,和我一样,视人间为礼物。
视力落在我书页间的叶片上,
清晰的叶脉,如提线木偶
走过崎岖和愿望。
每一滴血都有最好的陪伴。
现在,它躺着,仍会看到上一秒的
星辰,想到下一秒燕子是否回到屋檐。
现在,它孤单的背后,是把自己

当作礼物，交出去。

2019.5

第三辑 醒来之诗

无 题

根茎,花,
根茎黑了,花先死亡。
有的还未开,
便停在探索前的
期望中。

2020.2

天已破晓

我感到时间停止,
因为听到鸟的鸣啭。

我感到时间流动,
因为没有了鸟的鸣啭。

指针和光线,
一个转,一个隐退。

光线重新生长,
不可思议的歌声挥不去。

指针在唱,指向空洞的
无人知晓的雪地。

我的耳朵在唱,陷入
无人知晓的雪地的黑洞。

黑洞传来,众鸟的歌唱,
你看它,百转千回。

天已破晓,你看见
思念侵占了枝头。

2020.4

属　于

刺桐的枝头红了,
羊蹄甲的枝头红了,
看你们的眼睛看拂晓红了。

大红、橘红、桃红、粉红,
一匹马饮用的河水红了,
曦光喝下酡红的果酒。

醉在半道上,半道上寺庙的钟声红了,
敲木鱼的唱佛声,红在一个人的沉思里,
沉思里的江山红了。

红了半边天,他想,红了好啊,
半边天属于人,半边天属于神。

2020. 4

路途像过去式

路途像过去式。
气息,植被,建筑,
是过去式,也是现在式。

群体分散为个体,
行走的城,停止在某刻。
进入一扇门,同时又关闭。

我不相信眼睛耳朵,
还要依赖它们,
被它们倾斜的角度征服。

我被带到树桩前
树皮裂开口子,新芽冒出头。
或跟上贴着祈使句的命运。

死亡,生存,
"死亡不会面对镜子或
是镜子中的镜子"
生存在相对的两片镜子前

无数个我
无数个想象、对照的空间，
照着唯一的未卜的路径。

2020.4

简单的要求

一株植物害了病虫害，
会枯萎，会和病虫害
一起消亡。

喜阳的植物，连续
多天阴雨，会萎靡不振，
阴天加速它的消亡。

爱水的植物，缺少水，
会在极度渴望中
死亡。

它们
需要一些药，
需要一些光，
需要一些水。

它们教会我
满足简单的需求。
欣赏到

风和日丽，山野
绿荫若盖，花朵若魅
溪流若乐，岩石若阶。
挥霍的落日若
打点人世后的心意满满。

2020.4

醒来之诗

小鸟先我一步醒来,
叫声中天空被打开。
我醒来,并未听到鸟叫,
我的眼睛还在睡眠,
大脑已步入繁忙时刻。
它召唤我,从梦魇
找出的黑暗碎片,
滞留、盘桓低处。那里,
水草丰美,阳光照得草尖
尖叫,反光使我
眯起双眸。突然的鸟鸣,
闯入耳蜗,似清风拂面,
我已站在高处。
风吹过,草顺势而为,
小鸟振翅化解恩怨。
江面平静,江面波光荡漾,
似岁月向我推开的力。

2020.3

青草如此好看

废弃的铁轨和列车,锁住了
拉杆箱青年的影像。
回忆在发酵,它们沉重而率性。
大好河山埋在铁锈里,一声不响。
齐膝的青草治疗荒芜,
没有一种荒芜代表遗忘。
缓慢占据空虚,空虚落入海里。
废弃如同甩在路旁的易拉罐,
我们甩掉空虚,甩掉废弃。
当废弃如同青草,春风吹绿了,
青草如此好看。
我们的空虚找到了
填充的理由。
无形的对视里,
小情侣、学生、年轻的游客,在废旧的
铁轨和列车旁,留下身影的,
我们,真好看。

2019.7

清栖谷的夜晚

灯光使夜晚高悬,群星暗淡,
流水彻夜不归。
我的足迹触过贴地的草木。

你认为灯光得以看见,
椅子抚慰创伤。

你的唇齿间有弦外之音,
仿佛给我的人生缝补漏洞。
我满怀欢喜,像空荡的瓶。

而天边,一枚月亮
衔着硬币出走。

2019.4

大合唱

炊烟、山峦、故土，遥望黄河，
黄河之南，有一村庄，
傍晚，犬吠迭起。

第一声狗吠依着斜阳，拉长声线，
另一声倒悬至穿庐，又一声
闻讯赶来，狂叫两次便停止，再一声扯出
东边的庙宇，飘荡的风铃，
草木的呼声，
寺庙内苦行僧：嗟乎嗟乎！
大合唱涌现人间四月。

众声散去，残阳暗，
留一人立于荒冢。

2018.4

影 子

它们被黑夜忘却于
孤独的延伸事物中美妙的剧场里,
不出声。
它们真切得如同掰开手指也分不清的
骨肉相连。
在漫长的暗夜试图摩擦出
与物体的体温,
只有耐心出奇地平静。
剧情终了,
它们被装扮成夜猫人拖进一无所知的
帷幕后埋藏。

2016. 11

石 头

石头立在水里,没有声响,
隔绝突来的造访者。

它为自己塑造满意的形状,
想象百年后以什么面目出现。

水在身侧潜伏着,自然力潜伏着,
它不能阻止一场灾难的到来。

被推开的假想敌,又无数次亲密接触,
它的心里住着一只野兽,不被人知。

现在它关心晴空万里,狂风骤雨,
关心平静的水面温润如玉。

2018.8

因 为

因为静观,因为蜡梅,
对山村在山坡上,
蜡梅在山上,滚动前行。
我进入这些名称,
和白色围墙,黛色瓦片,
一起晃荡。
因为香气,
你容纳无香气的魂魄,
因为群居,
你拥有影子和活着的弯曲,
因为阻挡,
你有足够的深渊和
升腾的勇气。
小小身躯,有秘境,因为透骨,
充满春意。

2019.1

视而不见

板凳,可以容纳时间、空间和无意义。
老人,可以容纳时间、空间和无意义。
老人带上板凳,面对虚空,
注视每一个经过的人。
身后的蜡梅和旁边躺着的一簇簇
捆绑的蜡梅,它们在各自的国度里
赞赏、激励,对经过的人和事,
视而不见。

2019.1

对山居

一群人在对山居,
一群人在对山居观看静置的美,
一群人在对山居观看流动的美,
一群人来到对山居,
个个惊叹不已。

2019.1

一棵树

对山居门前一棵树,
从石缝里生长出来,
挂红果。
古云:南方有嘉木,
生烂石,野者上。
阳崖阴林,紫者上。
为此,以嘉木对之。
各种拍照,总不见清晰。
经多方查实,曰:海棠。

2019.1

西池大院

你外圆内方,包含了整个大院。
我靠近你,感到一股春风
吹开门扉。

浩荡,绿影婆娑。
你的眼神如同花瓣遗落在
桌子上,不同于羞涩,有别于流水。

真切在我体内游走。
我走在人群中,更多的真切融化
在一杯茶中。

阳光坦荡地照过来。
人群坦荡地走来走去。

这人世,粉墙黛瓦、土墙泥罐、
竹林、池水,一窝芭蕉温暖地拥挤
在一起。

2019.4

九龙桥

青石板造出九龙桥,
它来自大溪河,从远古流淌出的
光之斑斓。
龙生九子,此龙趴蝮又化身九条龙,
盘踞大溪河上。它们卯紧,不留下
崩毁的机会。爱水,爱百姓,
一卧便把时间捆在身后。

2019.7

满　意

树叶不能确定，以何种
方式坠地。
我亦不能确定，
你以何种方式坠地。

树叶看上去和我无异，
我们紧挨着，各自的彷徨。
从掌心滴落的雨，
存满温馨。

你打着旋，斜斜地
从我眼前飞过——
翩若惊鸿，
你为此感到满意。

2019. 4
2019. 12 改

生　长

天气好的时候，
能听到树木的沙沙声。
水面倾听，一只巴西龟
倾听，一只蟾蜍倾听。

石桩和掉到水面的瑜伽垫，
从不同方位阻止了某种战争。
它们相安无事，
伸长了脖子。

阳光注入，风声静止，
柔和的光试图解构、连接，
缓慢到达它们的肌肤时
咯嘣脆响。

2019.4
2019.12 改

西池的夜

弦月,在西池的上空,晃动。
云层,守着夜,轻轻晃动。
它们置于,我杯中的铁观音,
晃动。

夜晚寂寂,虫、百草、蟾蜍,
隐于大地。

板凳上,夜色铺开围栏。
我们端坐,品饮,谈笑,
木桌随之亮了几度。

2017.9

香草园

夜太黑,我的眼角无从辨认
藿香、迷迭香、柠檬百里香……
黑夜隐没我的身躯。

身躯被夜晚分食,停在风中,
仿佛香草园守夜的灵魂。
接近鼻息,顺从的叶片

散发浓郁,或清芬。
忽而,香气失去根基。
忽而,从我体内喷薄而出。

2017. 9

2020. 4 改

河岸洗衣人

桥下,大溪河抽走浮动的阳光,
把生活留在岸上。

创造的美好和自然的结合,
将男女老少从照片中剪影出来。

修葺完好的洗衣台,混杂棒槌之音,
消弭手中之物。泡沫和衣物,

何以明确分开,他们认真对待,
并获得证明的机会。

本是焦虑的生活,去掉浮尘,
留下干净之物,以便穿戴出门。

2018.9

叫花子湾

你在对的时间做了不寻常的事,
乞讨光阴,乞讨再一次饥渴的凌乱。
你纠结太阳爬起又落下的秩序。
对着移动的风说出秘密的松动,
坐上田坎遥想星辰的清辉。
你徘徊村里、地头,如数家珍地
数着各家的风、火、雷、电,
伸出的手,指向松林上方撒欢的童真,
傻傻地笑。
而你的死亡抵不上一棵青草,
几抔红土掩盖全部想象。
日与月的交辉再不能引起你的轰动。
百年厚土堆积的天然坟茔,
隆起几只雀鸟叫出的纯真。

2017.4
2020.4 改

墙　说

时空对着一面墙说，
你把我画下来吧
伤痕对着一面墙说：
你把我画下来吧。
人类偶尔抬起头，
目光停留在墙面，
看着枝叶长成它的发须。

灯光对着墙说：
你把我画下来吧
投影对着墙说：
你把我画下来吧
人类对着墙说：
我不需要你将我画下来，
是我建造了你，
可以让你生，让你死。

墙说：
我画出了众多事物，也画出了我，
还有除了这些之外的

新仇旧恨。人类,
让我画下你们吧,
看能看到什么,
或者永久地留下我。

2018. 10

在金山科技遇到胶囊内镜

我们到达,高大的空间,
一座大厅。从空间出发,
应有回声,发出去便可
传回来的神经元,
有隧道,供我们穿越。
我们看见沉寂、头脑的风暴
充斥壁廊间,这里的房间都关着门。
冷物质。它们。计算机、
显微镜、机器人。他们,
在大海里航行。漩涡像战场,
吸进去一些,留下来一些。
他们,捕获每一种生命的组合,
镜头的碎片。让房间都喧嚣,
我们听不见,止步于
汪洋的沙地。我们停下来,
白帆靠近,每一只海螺的出现
都带着惊喜,并保持海的乐声。
在大厅,倾听它的声音,
像风暴卷走残损的事物,
留下待哺的婴儿。她是天使。

我们的身体,走在时间的回廊上,
在黑暗处,更深的漩涡中,
看到内部的柔软,忘记了疼痛,
忘记了它们是我们的肠胃,
我仿佛走进了虚无,又仿佛
听见一个声音在说:
我们真实存在。

2018. 11

油菜花
　　——写给罗平

风来了,
风一吹,大地的隐蔽性就敞开了,
风再吹,隐蔽之门随之关闭。

风因此有了内容,
它一吹,各种脸面就散了,
它再吹,又关闭了所有的耳目。

风呀,就这样吹,
吹醒了罗平的心脏,
吹得迤东血脉偾张,大地轻晃。

一夜之间,
金灿灿的,好大片——

2018.3

多依河

就这样被你的静谧击碎。
你温柔的双手，抚过冰凉的河床、石头和
岸。

我们多像镜中人看镜中人，
都有相似的细流，
从深处走出的细流。

光束沿着固有的路线，使得河水
安详如母亲，
在布依族的村寨流淌就笑了。
水车、石磨转动着冗长的演说，
一开始便没有结束。

树木，水纹，倒影，
落在山水间，这些不可或缺的事物，
彼此心照不宣。

2018.3

那色峰海

山头的另一边还是山头,
十万大山构成了宏大的美学。

我的双眼连接另外的双眼,
应接不暇的滚动,如雷鸣,
是山峰连接另外的山峰。它的尽头
是终点,也是起点。

云层不断变化,
不变的是山,一座又一座。
此刻,在峰顶,
我以变化的云层看不变的山,
以变化的情绪看不变的你。

在那色峰海,我似乎在看山,
又好像在看海。

2018.3

螺丝田

你爱着这片土地,
以旋转的方式。
与天空亘古不变的对峙
只是为了守住这份亲密。

我低头看你,你抬头看天,
你在最好的时光给了最好的爱情,
把理想的生活推给我看。

山坳里美丽的弯曲,每一层都有未表达
的秘密。
他们盘旋而上,盘旋而下,
每一层都在我的想象之外,
又在我的意料之中。

2018.3

罗平古生物群

美人鱼变成石头,
美人鱼的歌声让大洼子的村民看到海洋。
是的,罗平古生物群就是美人鱼群,
活泼泼的,她们被放进一个个的小房间。
我听到,我们都听到了,
来自2.44亿年前的歌声。

2018.3

亲　临

由线条构成，垂直的落差，
让渺小的我回到一滴水中。
从边缘倾泻而下，
我在水中看到世界的流淌。

柔软凿着石头的内心，
让它从此不安。在时间的沟壑里，
不安像裹了层外衣，
水必将亲临。

犹如九龙瀑布披着浑身的白鳞，
从我眼底逃逸而出的，
颤动的灵魂。

2018. 3

蓝　调

1

下一刻，我来到机场，机场用它
巨大的翅膀引领我
要飞起来，但没有。我买了
饮料和牛肉，坐在它空荡的腹部前，
看着一架一架起飞的工具，
安全抵达云端的另一边。我从里面出来，
实实在在地暴露于地面，被海水冲刷了
无数遍的沙子。

2

除了海水就是沙子，除了涛声就是人声。
这里需要我么？不需要。需要。
我像虚构。远处的椰林，退向阳光的暗处，
海水退向睡眠，
一个巨大的圆满从海上吹过来。
作为背景，我被抛了出去，
作为黑暗的来临，我投入到涛声里。

3

喧哗时,海水淹没我,海水里没有我。
冲上岸的礁石里没有我。
接下来,太阳伞下,沙滩椅上,无限接近
寂静。我可以很蓝,深深的蓝,
伸出的脚踝,像跳动的音符。
可以爱你入木三分,埋进沙子,
但你抓不到,
它的镜影,我正在虚构大海。

4

挥出的双手,被你接住,
我们拥抱,像欠缺的一个愿望。
紧紧守住一片天空,像剑入鞘,
当你拔出,挥向涛声四溢的树叶。
又被树叶挡了回来,重新回到大海深处。
我在半潜艇里,观看海洋动物,
目光落在一个个柔软的躯体上,
它们没有察觉,刚才瞬息的变幻。

5

你不能只在空荡的地面雍容。

你不是花朵,不是蝴蝶。
五月,多雷雨,多变的气候,
不能改变你的本色。蓝色,最初的本意,
让我着迷。波浪推上岸的漂流瓶,
里面有某人的愿望吗?全是水,
完全透明,这个透明的愿望,
装着椰风的蓝色,美如迷幻。

6

乌云厚重,压下来,
乌云到处都是,山顶上、屋顶上、
树顶上、头顶上,大海承受最多。
它把情绪倒空的时候,大海
接受全部爱意。
螃蟹爬上暗礁,看着轻松的天幕,
我感到惬意和安全,从海平面
悠悠地扑过来。

7

如果可以飞一会儿,就飞一会儿,
心愿难了,就让它飞吧!
如果可以放飞更多,我也愿意。
在你耳边吹细细的风,

到棕榈树从哗哗的大浪中逃离,
是什么感觉。
在你的生命中停留,
放飞和沉入海底有什么不同。
区别在于,
我的双脚就在这里,还不离开。

8

大海除了蓝,就是蓝的包容。风浪
并非你所愿。你以乌云、雨水、小溪、
江河的形式,去过该去的地方。
你能感到坏脾气的破坏性。
我踩着细软的沙滩,海水一遍遍亲吻,
一遍遍将我冲上岸,若非情非得已,
又怎会掀起巨浪。

9

据说棕榈树的叶片能蓄水,
多像诗人,诗人的情绪能蓄水。
饱满在任何时候都管用。
我不精于计算,让我一点点饱满
就是让沙漏一点点浪费时间。
想想我浪费了多少沙砾,它无情的

从我手中溜走。而对于
饱满的细腻,我从不厌弃。

10

礁石守护它的神,神会不请自来。
大海和浪花作为亲密的伙伴,
和礁石的内心保持距离。多美啊,
这种相互搀扶又不干扰的关系。

11

是否动了恻隐之心,要问问大海,
大海不需要回答,我只想看着你,
静静地倾听你拍打海岸,
一遍又一遍。

2019.5

第四辑 转过弯的街角

同 类

我正在度过一年中幸福的日子,
麻雀也是。
我与家人欢聚一堂诉说家常,
麻雀也是。
它们成群地聚在灌木丛,
我无心打扰,安静地走过去,
它们呼啦一声往西边飞,
我往西边去,它们呼啦一声往东边飞。
多么有趣!
我无心打扰,只是路过它们的滞留地。
向灌木丛走去,有小米样的干枯果实,
诱惑着它们。
我从灌木丛撤退,往西渐渐远离,
麻雀们在我身后盘旋,
仿佛送走的是它们的同类。

2018.4

空白里

树顶的雪,屋顶的雪,
打亮车窗,它那么无畏。
路边的雪,下山的雪,
雪将不是雪,它那么无畏。
我在上山途中看到逐渐
加厚的雪,无辜的雪,
不发声的雪,叫嚣的雪。
雪越积越厚,我不怀疑,
木屋里抽旱烟的老人头顶覆满了雪。
开门的孩童接下来,
雪地里留下精灵般出没的脚印。
我往身体里反复新雪覆旧雪。
枝蔓不怀疑能够支撑厚厚的雪,
越往深处,树林越密集,
我不怀疑,
前方朦胧的空白里
有停留的父亲。

2019.1

父 亲

一位父亲托住一岁的孩童,
使其双手抓住横杠,以此支撑孩童
自身的重量,
多次尝试之后,年轻的父亲最终
没有松开托举的双手。
站在一旁的母亲一脸担忧地看着,
刺桐为他们遮挡刺眼的阳光。
我看着他们,想不起也有过这样的童年。
我的父亲,年轻时的父亲,
工作之余,爱织渔网,爱去黄河网鱼,
他是一位好木匠,好厨师,技术精湛的师傅。
我的父亲用他的勤劳和暴脾气,
改善我们一家的生活。

2019.7

窄　门

窄门，不是真的门，
是心门，父亲皱纹叠加的门。

个体的世界，
品茗，烟斗，眼镜堆叠的硝烟
深居简出。

退休后的父亲，二十年如一日，
他心中的一杆秤——
窄门，
始终端平与外界的平衡。

2016.1

母 亲

一座村庄成为道路的过程,
并不比,
一个女人成为母亲的过程,
轻松多少。
我走在这片虚无中,
也走在自己的旷野里。
老树林在山腰处矮了。
霞光,一点点在我的肩头矮了。
夜晚,
成为它们沉默的部分。
我仿佛看到另一个女人,
对身体的暮色,
表示沉默。
这个女人,弃书而农,
她的手,握住的稻和稗,
后半生与腰椎斗争。
隐忍,
是她做的最大的事。
这个女人,我的母亲,
一生堆积她的轻,轻若白云,

要到头顶了,山脊上亮着。

2018.4

家乡下雪了

家乡下雪了,白茫茫。雪,轻飘飘的,
飘到母亲的发梢,一样的白,北风里吹。
母亲千丝万缕地叮咛,纷飞,
有着雪的晶莹,水的分量。
雪花占领的空白更白,堆积成想,
那是母亲的视线,由内而外的心思,
记挂着未织完的白毛衣。

2017.12

婆婆①的梦

我四岁以前的菜园子是满地花生,
那时我在乡村。屋前有水塘、田埂,
婆婆早起的晨昏和萤火虫闪闪的夏夜。
那一年我六岁,婆婆住进小城。
婆婆的脚是大脚,走路稳着地。
婆婆的手长满老茧,似泥土沉积后的土坡。
那一年,婆婆明白了什么是根。
压抑在心头,不住的泪流。
泪水冲不走老屋、水田、田地里花生的愁。
又一年,火车装载婆婆的乡村,
呼啸奔驰,圆了她的梦。

2017.1

---

① 婆婆:西南地区奶奶的称呼。

我来了

水源能解人类的饥渴。
鸟鸣是从高处传来的。
空山,梦想无人迹。

不着边际的事物,
石块儿挨着脚跟。
远望群山,空无一物。时辰
送走花期、绿荫。

我充满热情,带你来到
未知的课堂,你的降生就是
向世界说出:
我来了。

2017.8

转过弯的街角
——致女儿

微雨,天气突地转凉,
给孩子加一件牛仔背心,
能够抵御侵袭的凉意了。
秋风拐了个弯,转过街角,
向前伸了伸,痴长的荫浓遍布。
你拐了个弯就长大一岁,
无邪在我的身前缩短一寸。
阳光偏西而卧,转过弯的
街角,荫浓向后退了退。
我承受你的站立和摔倒,
承受你自由落体的重量。
转过弯的街角,
我的荫浓向后退了退。

2017.9

闪光点

幼儿园召开家委会,
女儿坐在我身旁。
一会儿抱过来,一会儿
亲过来,
一会儿摘下满天星般
扑闪扑闪的眼神。

走在兴趣班的路上,
女儿跑在前面,笑声推进暮色,
暮色摊薄一天的记忆。
路边的街灯,教室的白炽灯,
让伸展的四肢
汇聚无限的可能。

2017. 10

邻　居

老人、孩子，慌乱的安慰和
陶醉的哭声，
充盈雨后的早晨。

"嗨！我在这儿。"
女儿清澈的童音，撞开
邻居虚掩的门扉，
仿佛芳草顺从意志，生长。
蓓蕾瞬间绽放，
无关乎旁逸的臂膀。

婴孩脸上泛起的微笑和挂在
眼眶的泪珠，让我确信
世间的宠儿，就是从
"呀"的一声开始。

2017.10

花儿的内心

我多看她一眼,
她的眼中,藏有峻岭、柔韧,
她的言语直指漩涡的中心。

她多看我一眼,
童音让我回到蜜源。
"妈妈,你又生气了,
我有一个好主意,
我们拉钩,不许再生气。"

一会儿又跑远,
她的马尾和跳跃的身姿,
将纯真移到我的脸上。

2018. 1

减　法

第一天，我们画湖，寺庙和香火，
逐一排列，悬崖上石洞内的佛身，
破纸而出，梵音细碎如风。

第二天，我们画湖，拱桥和倒影，
像眼睛，注视云层，和云影背后
觊觎人世的天光。

第三天，我们画湖，枯荷和颓败的站立，
似悬挂的铃铛，低垂头颅，又像妥协，
蓄势，做着看不见的梦。

三天来，女儿画出绿色的湖，红色的庙宇，
深灰的悬崖，水中无倒影，褐色即枯荷。
她的笔下复活了一个灵动且做着减法的世界。

2018.2

送孩子去幼儿园的路上

孩子,你与阳光接近,空气
紧随你一路欢歌,握住的热情
绕过楼群,与扑面的晨曦辉映。
一只猫试图避开你眸子中的
欢喜,红绿灯亦不能阻挠。
肩上的背包,反馈拥有的信息。
你的脚步笃定,往深处走,
往你心中的星辰走,
是的,星辰,在前方闪耀。
路边静默的树木、店铺、早点摊,
折射出身后静美的守候。

2015. 11

小石头

看到你在幼儿园的照片,
我那敏感的神经又开始凸显。
从我掌心滑出的小石头,
掉到更多的小石头中。
他们相互摩擦,打量,咧嘴大笑。
小石头保守小石头的秘密。
他们捡拾落英,向美丽接近。
检视孤独,让情感做主。
偶尔抬头看看,看看翩跹的蝴蝶,
多彩地同这个世界说:哈喽!
小石头的痛要大声说出来,
小石头的笑是发自内心的普照,
小石头是碰一下便会跑开的果实,
小石头的无忧无虑被风吹到
天空就散了。

2015. 11

童　真

女儿两岁开始她的话匣子。
她向往天空，夜晚更甚。
"看，星星。"
众多的星星，隐蔽世外，
只见三两颗悬挂于空，像女儿的眼睛。

"我看到最小的一朵白云，
它是被举到空中，用刀一下劈开的。"
女儿的内心无限遐思，眼神笃定。

同样的夜空，装着轻柔的风，
和女儿跳跃的童真。
"妈妈！快看，圆月。
月亮也吃饱了。"

2017. 10

门　后

"但现在我站到他背后
……他把一只手放在口袋里"
当我读到书中的诗句时,
壶里的水"咕噜"作响。

当水倒进茶杯,茶悠然地
释放内质物的时候。

当你站在门背后,拒绝
为陌生人开门,说出"抱歉"
小脸因战胜恐惧而出现
疑问的时候。

我知道我可以走上前,
将你抱起了。

2018.4

剥豌豆

剥开外壳,
一颗颗圆滚滚的豆子,跳出来,
就像你来到我身边,蹦蹦跳跳,
跳出来,妙语连珠,
让我感到
既新鲜又满足。

2018.6

退

你奔跑,火车倒退,
你奔向倒退的火车。
火车退得慢,你跑得快,
你要让心中的疑惑尽快找到出口,
这没有令你失望。
加速度,就是接住坠下的苹果。
你站在天桥上,目光
不曾遗漏微弱的光地消失。
天色缄默,昏暗聚拢,
它们加深了你对事件的看法:
"油门松了,火车退了。这和
闪电麦昆的倒车没什么两样。"

2018. 7

属　于

记忆像羽毛轻盈地飘动,
桌面、秋千和脚踏车上,
有飘动的童年,转而面对河流。
河流洗涤后,女孩的身影划破水面,
端坐板凳上。女孩手里有让人信任的
白米饭,让人心安的懵懂的脸。
童年和美食让她得以安慰。
榕树下,一道身影就像光,剖开夜色。
秋千上,快乐的时光,是她的,
榕树下,孜孜寻找动物的去向,是她的,
鸡笼旁,安静观察母鸡照看小鸡,是她的,
脚踏车上,停止与转动的车轮,是她的。
是她的,女孩这样想。
夜晚只属于夜晚,飘动的就飘动吧,
我只属于我。

2017. 11

冬天里

枯枝躺在废墟,
我们躺在枯枝上。
儿时,举起它燃烧,
眼中的火焰也会喷出来,
把它当作雪人的手臂,
用它来做伤员的夹板。
我们用纯真解决复杂的问题,
比如珍爱过的洋娃娃,它们扮作我们的儿女。
雪存在于我们的亲密无间。
老姐妹,冬天里,
我必须把围巾裹得更紧,
紧跟雪融化的疆域,
和在你我体内存放足够薪火。

2018.2

一种寂静

铁轨卧在需要的位置,
草长在不需要的位置,
斜阳不偏不倚,铺在他落座的位置。
拐杖支撑的不仅仅是他的身体,
还支撑多年的固执。
他坐下来,没有起身,凝视笋尖
破土而出的那道光,让他动容。
回忆一座城,一种寂静。
漫溢的失神如旷野上空的鹰,盘旋。
她轻踩青草,用盘旋,
对着他的发丝吹吹风,她在他周围,
取出藤缠的韧性,翱翔。
她离开,用离弦的箭。

2018.6

春　寂

于微波荡漾的深处，
想念一样。
覆盖嘈杂、草木和云朵。

溢不出，倾倒之。
荷塘的月色，
想念一样，
清风推送层层碧波。

他手握玫瑰，赠我数朵。
宁静的夜，
想念一样，
透露春寂柔白的月光。

2018.1

消 化

该把空白留下来,
独自面对一间空房间,

该把喧嚣按在体内,
独自惊飞休憩的鸟。

该独自呼吸,独自抒怀落雪,
空空如也啊,我该独自把自己拥在门外。

独自消化一段爱情,甜蜜了,
独自丢了灵魂,哭泣吧!

2018. 10

深夜醒来

深夜醒来,
电闪、雷鸣,又是一夜的雨。
未归家的人,
被搁置在前一秒的路段。
无人对话,无人探望,
他退守到孤独的陌生里,
雨水接纳雨水。
无人经过的街灯下,
似乎等待某事发生,
仿佛一个人的到来,
会把整个夜晚带走。

2018.2

在想你的彩云湖畔

一切都在行进，一切都在静止，
此刻的我行进在想你的路上，
静止在想你的彩云湖畔。
这是清晨，微雨过后的苍蓝，
天空空荡荡，似排尽乌云的忧伤。
在想你的彩云湖畔，棕红色的栏杆，
把潮湿的步道引向满目的春天，
湖水的流向，从南至北，
一如此刻我的目光追寻粼粼的波光。
洗礼后的晨间，鸟儿啼鸣，
从茂盛枝丫泻下斑驳的清欢。
我卑微的肉身，因想你而桃花纷落，
纷落到远方，一路向北，
向苍劲的山峦倾斜。
车辆和路人从我身边交错，
只有我静止在想你的彩云湖畔。

2017.6

有些日子

发梢被风吹起的时候,
有片花的海洋,驻进心灵的坐标,
被尘世抛离地面,已无秘密可言。
芬芳的生命之吻,在树叶之间游荡,
请不要悲伤。

阳光坠落的日子里,苍白与富饶
紧紧纠缠,像极了一次病痛。
没有谁离开,没有谁隐藏,
我们在高地的冰川雪原拥抱,
热泪盈眶。

行囊很轻,手与脚被解冻。
冬天就该如此,把不该有的
病菌驱除。只在单纯的世界里,
点燃篝火,照亮黑暗。

2017.5

美的发生

江畔的微风,徐徐吹起,
似要吹出石隙的哀音。
它将吸取一袭浪花的体温,
让石痕保留显微镜下生活的本身。
或许生活的镜面打碎,
才能显现爱从石缝中生长的繁盛。
不要撕裂,它完整的外壳,
那是多么平静。

江畔,合影的青年,
锁住了美的发生,
还有一部分浪花从眼前溜走,
泡沫不是我的求索。
只有爱,将莫须有的事物联结,
从细微到无限宽广。
我等待,美的发生,
并带进每一个细胞,每一次雪崩,
包括裂痕。

我将我带向你

我沿着黄河走,
冬天的黄河是碧绿色,
夏天浑黄。
春天和秋天,在碧绿和浑黄之间变化。
暖暖的,暧昧的,
最迷人。

我眺望群山,如你,
由黛色、霞红到明黄,
多变的体征,有怨气、怒气和和气。
它多半沉声,将我包围,
我要如流水,春夏秋冬变换气节,
我将我带向你,走出不同方位。

坐上石头,以承受我的轻,
一滴不够两滴、三四滴,
让你明白,不变应万变的决心。
我要到达此岸,你在彼岸,
我想牵你的手,从彼岸到此岸。

2018.6

经　过

一些树菌，一些人，
从一而终的落叶，
经过我。

台阶的音符，路，
涌过来的莫名的喜悦的风，
经过我。

你，经过我，
用滴石而穿的水，
一些沉默，一些清晰的软语，
贴着地面，经过我。

我有，渡轮、垂钓、
一些桥，
一些能被融化的蜂糖来
叮咬，经过你。
经过我们想要表达的花蕊的好天气。

2018.5

近 了

江河起伏,江河融进落日,
行船运送好消息、货物或不预期,
我们运送漂泊的船体、信任或不预期。

浅一脚的沙滩,微微翻动的痕迹
向脚边挪了挪,堆积的小山,
是你说过的堡垒。

灯远远地亮着,悬在寂静的夜空,
夜空包围的旋转罗盘,转动。
我伸出手,远远地看着,远远地
感到阻挡你的风纷纷向后。

2018. 5

江水变轻

江水变轻,漩涡变沉,
浪涛淹没行船的过客,
车辙、铁轨、鸟啼,都是过客。
巨大的寂静覆盖,绿叶摇摆。
江水躺在我的脑域,逐渐拱起,
逐渐占满,
起伏,落日熔金。
它托起我,想飞,

水滴溅出,扑过来,
怀有难言之隐。
你向我涌来,
于眼前破碎,行进中醒来,
镜中,留下碎裂的面孔。
信息如波涛,我获得了关照,
惺惺相惜的两岸。

2018.5

慢

从江河这岸,看到那岸的楼群,
看到楼群慢慢丰富,城市慢慢拥挤,
看到阳光慢慢走过,翅羽飞翔,
滑过树梢,留下阴影。
直至你,从阴影中拐出楼群,
看到阳光,花开,果实缀满枝头,
直至落地,我们止步。城市留下疮痍,
留下青苔缝补,绝处的缝隙。
我们不语,我们相爱,变老。

2018. 5

便是明月,便会朗照

悬崖上的花,路边的花
都在开放。开在天边和
开在地上,它们的野性
推开一扇窗。抬头,
把能说的、不能说的,
都敞开。只管开花,就是美好的事,
就是把缄默的痛告诉人世。
从初春到初夏,你带来
你的消息,如云不断飘进我的
脑海,还有比云层更厚的人心
拂过我。生长的绿意与
漫长的途径,
在你的不经意间,
花,盛开,
便是明月,便会朗照。

2018.8

用旧的身体上

用旧了的身体在
用旧了的世界行走。
她把用旧的时间塞进用旧的
锁孔、婚房和用旧的男人体内。
她抚慰他们就像抚慰真理,就像
真理在变旧的过程中需要抚慰。
花瓣滋养,蜜唇粘连,那是
被两具胴体用旧的春天。
"床上,没有一样东西是新的"
手滑过肋骨,沿着隧道去寻找
用旧的列车,奔涌的铁锈
就叫作爱情吧。

2018.9

融 雪

一条乌篷船,要靠岸,
载着一颗心,要靠岸,看见雪。
看见宁静,乌篷船停止荡漾,
码头选择,归鸟的树林,
片刻,安静如常。
我前行,雷雨般敲击你
螺栓般的情感,
有时在雾中,有时震颤,
情感打旋,紧固、放松,
有时需要一个请求,
请求你紧紧握住,一颗心。
借助风力,就像雪,不需要解释,
也能看到融化的过程。

2019. 5

梦

也许细碎是为了完整,
去需要燎原的地方。
一座山包,抬起,为平地增添了冲击感,
一座悬崖的诞生,似乎需要止步。

平坦的一目了然好像被忽视,
爱这忽视的美,如爱那远去的事物突有悔意。
如油菜花一点点完成它的梦,
平地突然扬起的细碎的鳞。

如你从爱中走来怀着谦卑的心。

2018.3

让爱情落回地面

银杏叶落了，簌簌地落下来，
其实并没有什么声响。邻近的眼眸
伴随舒缓的、古典的音乐披上
玻璃的反光。地面铺上金黄的
波浪。你托着腮，看向天空，
在和蔚蓝接近时，过早地
离开枝蔓，而向天空道别。
天气寒冷，你拥抱你，
为把春天迎进门扉，
向冬天致以歉意。你向养育你的
树干挥手。如野马，奔向内心的
荒芜，却无法掩饰，夺眶而出的
泪光，而请求自己的原谅。
银杏叶簌簌地落，面对把树叶
抛向天空的人，你愿意让爱情
落回地面。

2019. 12

图书在版编目（CIP）数据

江水拉响的提琴 / 蒋艳著. -- 武汉：长江文艺出版社，2020.12
ISBN 978-7-5702-1933-9

Ⅰ．①江… Ⅱ．①蒋… Ⅲ．①诗集－中国－当代 Ⅳ．①I227

中国版本图书馆 CIP 数据核字（2020）第 219718 号

封面题字：张远伦	
责任编辑：胡　璇	责任校对：毛　娟
封面设计：源画设计	责任印制：邱　莉　王光兴

出版：长江出版传媒　长江文艺出版社
地址：武汉市雄楚大街 268 号　　邮编：430070
发行：长江文艺出版社
http://www.cjlap.com
印刷：湖北新华印务有限公司

开本：880 毫米×1230 毫米　　1/32　　印张：5.5　　插页：6 页
版次：2020 年 12 月第 1 版　　2020 年 12 月第 1 次印刷
行数：3232 行

定价：46.00 元

版权所有，盗版必究（举报电话：027—87679308　87679310）
（图书出现印装问题，本社负责调换）